CB013879

O amor leva a um liquidificador

O amor leva a um liquidificador

Luciana Saddi

1ª Edição
2004

Editores
Ingo Bernd Güntert e Myriam Chinalli

Produção Gráfica e Editoração Eletrônica
Renata Vieira Nunes

Capa (projetos e fotos)
Raoni Monteiro

Esculturas utilizadas na Capa e no Miolo
Maria Clara Fernandes

Revisão Gráfica
Adriane Schirmer

Dados Internacionais de Catalogação na Publicação (CIP)
(Câmara Brasileira do Livro, SP, Brasil)

Saddi, Luciana
O amor leva a um liquidificador / Luciana Saddi. — São Paulo: Casa do Psicólogo®, 2004. — (Coleção cotidiana)

Bibliografia.
ISBN 85-7396-310-7

1. Amor – Aspectos psicológicos 2. Crônicas brasileiras 3. Intimidade (Psicologia) 4. Morte – Aspectos psicológicos 5. Mulheres – Comportamento sexual 6. Sexo (Psicologia) I. Título II. Série.

04-2858 CDD-158.2082

Índices para catálogo sistemático:
1. Intimidade feminina: Psicologia aplicada 158.2082

Impresso no Brasil
Printed in Brazil

Casa do Psicólogo® Livraria e Editora Ltda.
Rua Mourato Coelho, 1.059 – Vila Madalena – CEP 05417-011 – São Paulo/SP – Brasil
Tel.: (11) 3034.3600 – *E-mail*: casadopsicologo@casadopsicologo.com.br
http://www.casadopsicologo.com.br

Em memória de meu pai e de Mario

Agradecimentos

Fui flechada pelo *cupido da escrita* quando menos esperava. Vários amigos, quase que ao mesmo tempo, lançaram em minha direção suas flechas. Fabio Herrmann, ao me pedir um exercício de escrita psicanalítica, levou-me à criação de uma crônica clínica. Jean-Michel Lartigue, ao me presentear com um livro de crônicas, despertou a vontade de escrever as minhas, tornando-se, posteriormente, um leitor crítico e atento. Celina Anhaia Mello, ao se tornar uma leitora assídua, com quem desenvolvi um diálogo rico e divertido. Leda Barone, ao incentivar, sempre, todos os meus projetos. Marcos Renaux, ao se oferecer para a revisão do livro e acreditar em meu talento e a Iuzinha a quem escrevi um conselho de amiga mais velha que fez aflorar minha veia humorística .

Sumário

Morte

Sexo

Prefácio

Subversão da intimidade

Costuma-se associar a escrita feminina à intimidade. O olhar das escritoras seria infalível para registrar, por meio da percepção aguda das pequenas coisas, os ritmos do cotidiano, a respiração dos sentimentos, o fluxo da vida no que ele tem de mais recôndito e essencial. Seria essa a dimensão mais promissora de uma literatura feita por mulheres, radicada no corpo e voltada aos mistérios da subjetividade privada.

Em que pese o muito de estereótipo que há nessa noção, as crônicas de Luciana Saddi não desapontam quem espera de uma escritora que se debruce sobre os abismos da intimidade. A atmosfera familiar e doméstica, as ambigüidades entre desejo e afeto, os ciclos vitais em que se divide esta coleção de histórias – amor, morte e sexo –, assim como a presença da comida como fonte inesgotável de alegorias, tudo isso corresponde ao figurino e tem lugar de destaque neste livro de estréia.

Mas as semelhanças com um estilo habitual param por aí. Não existe, nestes pequenos contos, nenhuma intenção edificante nem sombra de bons sentimentos. Uma certa sinceridade dura, que se esgota na própria fabulação, ignorando suas conseqüências fora da escrita, atesta a vocação literária das narrativas. A atitude perante o sexo, por exemplo, é quase sempre irônica; a morte é tratada com uma sem-cerimônia incômoda, quase brutal.

E Luciana é uma observadora inteligente e engraçada. Os assuntos costumeiros no elenco das preocupações femininas são repassados aqui a partir de um distanciamento que produz desconcerto e humor. A maneira de escrever é ágil e condensada, um discurso que afeta espontaneidade para mimetizar a linguagem oral, deixando os andaimes da elaboração literária bem ocultos.

Sua capacidade de realizar sínteses é por vezes espantosa, como, por exemplo, em "Sexo burro", onde toda a mecânica que opõe o sexo promíscuo da fantasia masculina ao amor monogâmico e "perigoso" das mulheres é dissecada em duas ou três páginas. Ou ainda na reiterada imagem da morta no caixão, em "A roupa": "tamanho de criança, rosto de mulher". Alguns dos momentos mais fortes do livro acontecem quando uma sensação é evocada com grande detalhismo por intermédio de uma dessas imagens memoráveis.

A aparente facilidade com que foi composto o livro não disfarça que Luciana Saddi o terá extraído de vivências difíceis, amargas, duramente trabalhadas num plano literário, depois de enriquecidas pela experiência clínica da autora, psicanalista de profissão. O resultado é um livro curioso, vívido, divertido – uma literatura "feminina" que toma os clichês do gênero para esquadrinhá-los sem concessões, muitas vezes tornando-os ridículos.

A única concessão é, talvez, ao sentimento da paixão amorosa, que se insinua como redenção para as imperfeições da vida e sobrevive, intacto, até fortalecido, ao sarcasmo desta autora que se diverte em expor e perdoar as fraquezas da nossa condição.

Otavio Frias Filho

Amor

O siri do restaurante chinês

Já faz muito tempo que nós, ocidentais, comemos com talheres. No início apenas a faca, muito depois a colher, os garfos, vindos de Bizâncio no século XI, só foram totalmente integrados à Europa no século XVIII. Os orientais comem com palitos. Tanto os talheres quanto os palitinhos são uma marca distintiva de civilização, já que nenhum de nós mete a mão diretamente na comida sob pena de regredir aos tempos imemoriais em que comíamos cru. Porque muito antes dos talheres, antes mesmo de comermos cozido, matávamos e comíamos imediatamente qualquer coisa que se mexesse. Pois é, o Homem já foi um bicho desses. Depois melhorou muito, aprendeu a cozinhar, salgar, temperar, juntar vários alimentos criando outros cada vez mais saborosos e a comer com intermediação. O resultado de alguns milhares de anos de evolução em técnicas de cocção e culinária é, sem dúvida nenhuma, o siri picante do restaurante chinês.

Gengibre e pimenta, dedo de moça, um pouquinho de mel, o suficiente para dar liga aos ingredientes, suavizar o ardor da pimenta e equilibrar o esquisito sabor do gengibre. Na boca cada elemento é destacado e, ao mesmo tempo, unido com o sabor redobrado. O molho espesso, cinza escuro com esparsas pintinhas vermelhas, escorrega dentro da gente e gruda no siri. Praticamente não há palavras para descrever o sabor do siri do restaurante chinês.

O siri é um animal estranho, difícil imaginar como foi que o Homem descobriu que aquilo não era uma pedra com pernas, que havia lá dentro uma carninha branca e macia, muito saborosa. Quando visto na praia não abre imediatamente o apetite de ninguém, embora não seja repulsivo, não é nada atraente. Só não parece pré-histórico porque é pequeno demais, mas carrega em seu bojo um dos grandes desafios da humanidade: como comer um siri e assim mesmo ser civilizado?

É preciso coragem, a visão é desagradável, o toque duro e doído. No restaurante chinês o siri vem inteiro e muito mal quebrado, não há martelos, nem babadores. Para começar pegamos com dois dedinhos, delicadamente, uma patinha e retiramos um fragmento de casquinha de siri; abre-se uma pequena janela, vislumbra-se a carne branca, procuramos o garfo, espetamos no buraquinho e puxamos, as mãos estão ligeiramente sujas de molho que vai sendo transferido lentamente ao garfo, que não serve para puxar a carne por mais que se tente. O garfo fica melado, escorrega da mão, cai no colo, suja a roupa, vai para o chão. Com a outra mão seguramos o siri, puxamos com a ponta dos dedos a casquinha que é dura e machuca a gente ao se abrir, e revela um pedacinho de carne que é retirado com a mão e levado à boca. O trabalho é imediatamente recompensado. O apetite cresce.

Mas há falhas estruturais na casca das patas do siri, a paciência vai se esgotando, a boca passa a ser uma opção, não uma opção de caso pensado, uma opção de imediato, imediatamente a pata de siri está em sua boca, o movimento é automático e proporcional à frustração e à fome. As mãos ficam verdadeiramente lambuzadas de molho pastoso e perfumado. É de lamber os beiços, passar a língua e sorver cada pedacinho de carne encharcada. Com os dentes puxamos alguns fragmentos de casca, a separamos da pouca carne das patinhas e chupamos.

Agora é o corpo do siri, com tantos murinhos dentro, feitos de um tipo fino de cartilagem, que está sendo observado, é preciso algum tipo de estratégia, a fome aperta, como alcançar a carne escondida? Enfia-se a faca com a mão direita recém quase limpa por um guardanapo de papel que insiste em permanecer com alguns pedaços grudados, faz-se um furo. Enfia-se um dedo, não cabe, o siri do restaurante chinês é verdadeiramente pequeno. Leva-se à boca, enfia-se a língua, ela entra, com os dentes se arrebentam aquelas finas paredes, a boca se perde.

Chupamos o corpinho do siri com gosto, com a língua e com os dentes. Cada vez mais a boca entra, se perde, sorve e engole alguma coisa selvagem. Seu rosto está sujo, suas mãos imundas, o céu da boca pica e você está quente, com fome e cansada. Um verdadeiro siri picante do restaurante chinês. Ninguém olha? Não importa, já que a coisa toda se passa entre você e o siri. Sem palito e sem talher.

O amor é assim mesmo, gengibre e pimenta, um pouco de mel para dar liga e um bicho muito estranho, com carne branca, macia e difícil. Para comê-lo é preciso meter as mãos e a boca, sem pudor e sem medo.

O amante

Ao acordar olhara os lençóis brancos na cama e um espaço vazio, alguma coisa lhe faltava, um suco de laranja com bolo de chocolate? Brioches? Ovos quentes? Ou quem sabe um amante? Um amante! Com certeza acordara com vontade de ter um amante. Por que não?

Teria um homem para amá-la, protegê-la e distraí-la da chatice cotidiana de um casamento amarrotado. Um herói antitédio. Um deus do amor e da alegria. Alguém com quem dar risada e principalmente alguém com quem não falar sobre contas a pagar, futuro dos filhos, decisões a tomar e famílias. O marido seria uma espécie de sócio no empreendimento familiar. O amante, um ídolo sagrado do sexo.

Sentia-se aliviada, acabara de traçar um destino completo e sua vida parecia pura ordem se não fosse por um pensamento novo e modesto a lhe cutucar a alma, de leve. E o marido? Afinal, para se ter um amante que se preze é preciso um marido à altura. Amante não vive sem marido. A situação complicara-se bastante. Primeiro encontrar um marido, tarefa quase impossível, e depois um amante digno de levar esse nome.

Antes de mais nada seria preciso conhecer alguém, gostar um pouco e acreditar que daria num bom marido, bom pai para os filhos, boa companhia. Isso para as mulheres mais modestas. Ela só se casaria com uma grande paixão, estava decidida, teria que encontrar sua alma gêmea, o grande amor de sua vida, a outra metade da laranja ou coisa que o valha. Como?

Teria que se maquiar todas as manhãs? Ir ao cabeleireiro semanalmente? Academia? Cirurgia plástica? Silicone? Acordar sorrindo? Quais outros sacrifícios ainda seriam necessários? Precisaria ser uma mulher atraente, afinal a concorrência é desleal. Depois uma mulher educada, das que pensam antes de falar, quase delicada, porque nem mesmo seu príncipe encantado seria capaz de derreter-se por uma mulher grosseira ou vulgar. Há mais, teria que ser interessante, ter assunto, quem sabe até mesmo viajar e morar fora do país. Comprar roupas novas, escovar os dentes depois das refeições, ter um apetite sexual desenfreado, pelo menos no início, e chamá-lo de queridinho, amorzinho, e dizer benzinho, estou com uma dorzinha de cabeça, tira a mãozinha daí.

Socorro! Já que para encontrar este ilustre cavalheiro, seu salvador, seria ainda preciso sair de casa, freqüentar festas, falar com estranhos e até mesmo faculdade. Por último internet, o que implica ter computador, tempo, paciência, dinheiro e vontade. Daí o casamento com o homem de seus sonhos ou o mais próximo disso.

Festa, convite, padrinhos, famílias, amigos, insônia, casa e alguns descontentes. Filhos, casa maior, muitas decepções, anos inteiros consumidos, dores de cabeça, um sentimento de morte crescente, lençóis brancos, espaço vazio. Chegara o dia marcado para a realização de seu grande sonho, encontrar seu amante, o homem perfeito.

Ele teria de ser estrangeiro, o ideal seria que nem falassem a mesma língua. Um chinês seria ótimo. As chances que teriam de aprender suas respectivas línguas, em toda uma vida, eram suficientemente pequenas, garantindo a segunda parte da fórmula para o amor eterno, a saber: quanto mais conversamos mais nos desentendemos. Além do mais a gestalt do rosto oriental cumpriria sua função primordial, primeira parte da fórmula, no amor. Acreditar que se é compreendido inteiramente pelo outro. Olhinhos puxados e um movimento rápido e contínuo da cabeça para baixo e para cima, o que em bom português significa assentir.

Sexo animal

A história que vou lhes contar é do tempo em que eu ainda andava a cavalo. Foi antes de perceber que um meio de transporte com vontade própria era um atentado à minha vida.

Estava eu no campo, às voltas com a construção de minha primeira cocheira para éguas e garanhões, quatro éguas mangalargas, um garanhão árabe de trote duro feito pedra e outro meio perigoso, branco, forte, bonito mesmo, mas que tinha um problema respiratório grave e precisava de um colar de couro para não engolir o ar. E me perguntava, como dispor as baias? Onde guardar a ração? E os apetrechos de cavalo? Sela, manta, rédea, estribo, barrigueira, freio, barbela, cabeçada, cordinha dali e cordinha daqui, charrete, eu tinha uma linda charrete para as crianças e tudo mais, para cada cavalo um ou dois jogos de tudo isso. Um verdadeiro enxoval.

Eu mesma só montava em sela inglesa, rédeas de couro, cavalo de trote, mas não qualquer trote, gostava do trote macio, do cavalo que sabia entrar rapidamente no galope curto, meu reino por um galope curto, depois podia até ficar comprido, se estivesse mesmo interessada em correr. No trote você manda em seu corpo, faz um movimento com as coxas e a barriga e usa o ritmo do cavalo como apoio, há um jogo entre você e o animal. Já no galope curto você pode até se abandonar, porque o casamento é perfeito, há dança, há percussão, há encaixe e você fica durinha em cima do cavalo, com esforço ou sem esforço, tanto faz. Marchador não, porque é ele que dá o tom e você larga o corpo totalmente, não tem graça.

O mundo rural é estranho a mim, os cavalos não, as cocheiras sim. Iniciei minha pesquisa empírica pelas cocheiras da região, não conseguiria aqui descrever a diversidade arquitetônica e imaginativa dos construtores de cocheiras. Há japonesas, texanas, românticas, em 'l', em 'v', em 'u', cocheiras francesas, essas são lindas, quase provençais e até cocheiras hindus, com mantra e tudo mais. Nenhuma delas verdadeiramente me inspirava, eu queria uma cocheira funcional, colonial paulista, quase o jeca-tatu de Monteiro Lobato, em suma, uma cocheira caipira.

O administrador do meu sítio, Francisco, me disse que estas, as caipiras, eram as mais raras da região, mas ele sabia de um haras a meia hora dali que tinha uma. Fomos. Lá chegando explicamos ao veterinário e administrador o intuito daquela visita, éramos construtores amadores de cocheiras e procurávamos um modelo ideal. O veterinário, homem lindo tipo rural, foi todo solícito e se pôs a mostrar cada detalhe da construção, da pintura, das necessidades que os cavalos têm, das necessidades que os que lidam com os cavalos também têm e assim por diante. Uma hora de cocheiras e mais cocheiras e então nos perguntou gentilmente se não gostaríamos de assistir à cobertura de uma égua premiada, vinda da cidade, por seu garanhão mais famoso.

Confesso que achei o convite um pouco estranho, mas como não tenho os hábitos rurais pensei que fosse coisa corriqueira, confesso também que a curiosidade mata o homem, no meu caso, a mulher, e aceitei o gentil convite.

Não demora mais que 20 minutos, disse ele. O que será que não demoraria mais que 20 minutos: o ato sexual eqüino ou será que começaria dali a 20 minutos. A questão era bem boba, mas o problema não, afinal como fazer uma pergunta dessas? No mundo rural e no mundo em geral, diga-se de passagem, você não pode parecer mais ignorante do que é, infelizmente as coisas são assim para uma mulher. Além disso estava com um funcionário rural e não podia perder a pose, podia? Sentei num murinho ali, com cara de quem vê toda semana na televisão cavalos trepando, coisa à toa, e fiquei. Fiquei pensando em como seria o sexo entre os cavalos, fariam barulho? Brigariam? A égua aceitaria o garanhão de bom grado? O garanhão teria que se impor de alguma forma violenta? Seria um espetáculo? Quanto tempo duraria? Perguntas.

Percebi um estranho movimento em volta da cocheira caipira, o jardineiro veio andando com dois meninos que pareciam seus filhos, um balaio cheio de folhas e aqueles objetos de jardineiro, e pararam, os três, pertinho de mim. Logo depois um trator pequeno subiu a estrada e veio em nossa direção, o motorista estacionou na entrada da cocheira, acendeu um cigarro e se colocou à minha frente. Do outro lado dois moleques vieram chegando, formando uma roda no pátio em frente às baias. Agora eram dois homens a cavalo, vinham marchando, pararam perto da roda, acenderam cigarros e ficaram conversando em cima dos cavalos. O guarda que havia aberto o portão principal também chegou, me cumprimentou e se juntou aos outros homens. Estranhamente só havia homens ali. Um grupo de cinco adolescentes com mochilas escolares, um senhor de idade, um outro de cadeira de rodas, um homem com um nariz enorme, outro vestido de branco com manchas vermelhas de sangue na roupa, um jovem de óculos escuros que parecia cego e alguns cachorros. Um grupo animado e eu.

Havia um certo clima de festa entre aqueles homens, eles sorriam na roda, sorriam entre si e sorriam para mim, naturalmente. Eu sorria de volta, afinal passara toda a minha vida vendo cavalos famosos se cruzarem, não é mesmo? Como não sabia mais o que fazer e nem sabia quanto tempo ainda duraria aquela espera, acendi um cigarro e fiquei pitando, eu era totalmente rural naquele momento, a metamorfose que havia se iniciado há poucos minutos estava concluída, diante de tantos homens rurais eu havia me tornado um deles.

O veterinário veio pelo outro lado das baias trazendo um belo cavalo alazão de crina amarela clara, olhos amendoados e meigos, canelas finas, estrela na testa e rosto estreito. Amarrou o animal a um poste médio de madeira, e pasmem, com uma corda vermelha prendeu seu rabo para cima, era uma égua. Uma égua com o rabo preso por uma corda vermelha, toda exposta para uma multidão de homens rurais que, creio, gritavam olé. Uma égua escancarada. Uma égua sozinha, desamparada, sem proteção, coitada. Foi amarrada, não podia fugir, nem se esconder e sequer tinha mãos.

Senti uma dor bem no meio da cabeça, uma agulhada. E depois, como se estivesse sendo rachada. Imediatamente coloquei minhas mãos para cima e segurei meu cabelo que estava preso num rabo de cavalo. Deu chabu em minha metamorfose. Eu tinha um rabo de cavalo na cabeça, era a única mulher dali, além da pobre égua, eu precisava fazer alguma coisa, eu tinha mãos. Eu estava só, eu não sabia o que fazer, eu queria salvá-la do estupro coletivo, eu não conseguia sair do lugar, eu também acho que ela chorava, mas não tinha certeza.

O garanhão veio, forte, negro, largo, convicto, mas com cara de jeca-tatu, com o veterinário de novo, homem ruim e rural. Ele relinchou, ela relinchou também, ele se aproximou, eu esperava uma série de coices, e aí uma buzina tocou, eu olhei nesse instante para o lado e... já tinha acabado. Tinha acabado. Tudo tão rapidinho, que decepção, e para piorar a situação, eu nem tinha para quem perguntar como é que tinha sido. Mas pelo sim, pelo não o sexo animal é uma droga, as cocheiras caipiras são uma droga e ser uma égua é também uma droga.

Sexo frágil

Enquanto se vestia pensava ansiosa que aquele era O Dia em que finalmente iria conhecer aquele homem. Conversas e negócios por telefone só atiçaram sua imaginação. Ele era rico, importante, seguro e enigmático. Estava contente e cantava enquanto procurava no armário aquela saia, aquela blusa, e principalmente aquele sapato. O sapato fazia toda a diferença. No sapato está estampada sua classe social, sua origem familiar e seu poder aquisitivo. Toda a sua educação num sapato. E ela queria uma escalada rápida e segura, o passado descartado, um futuro maravilhoso. Escolheu os mais caros e finos do armário, bem, nessa categoria só tinha um par, o que enxugara o processo de escolha ao máximo. Agora a bolsa, pronto, prontinha.

Sentia um leve gosto de sangue na boca, uma segurança arrasadora para uma mulher, era assim que seu pai a definia. Nada poderia detê-la, aquela conta seria sua, aquele homem cairia aos seus pés, seus sócios lhe pediriam perdão...toda a sorte de triunfos e vinganças. Na vida de uma mulher são tantas as humilhações e injustiças, tantos os séculos de opressão e preconceitos, só um bom negócio poderia reverter a situação.

Com um sorriso montado em seu rosto, cabelos soltos e esvoaçantes, passos firmes, em marcha, armada dos pés à cabeça foi andando lentamente, como quem não quer nada. Segura da harmonia entre a bolsa, o sapato, a pasta, a roupa, a leve e imperceptível maquiagem, o tom do cabelo, o do batom e até mesmo o brilho no olhar, seguia em frente. Não abaixaria os olhos, não desviaria o rosto, não tropeçaria, não derrubaria nada, não ficaria sem palavras e sem proteção, nenhum sinal de fraqueza à mostra.

Ele vinha em sua direção, só podia ser ele, era mais alto do que na foto da revista e os traços eram mesmo mais suaves, bem melhor pessoalmente, bem melhor mesmo. Um suave golpe de ar no pescoço, bateu um frio não se sabe de onde, ela desceu o rosto em direção aos sapatos que já não eram mais tão pretos e nem tão caros. Nem tão distintos, nem suas meias pareciam ter a cor adequada. Aquela blusa não combinava mesmo com a saia, assim, de uma hora para outra, como num passe de mágica, tudo tão estudado para dar nisso, diria sua mãe que sempre debochava de seus caprichos. Um sentimento incontornável de insuficiência e deselegância, seus passos perderam a cadência, seu corpo desarranjado pedia esconderijo, puxou a bolsa levemente para a frente, na altura do sexo e suspirou.

De perto ele era um homem de negócios, poderoso, que sabia de tudo isso e muito mais. Assustador e fascinante. Afinal, como alguém podia ser tão seguro? O grito, para dentro, encerrava mais espanto que protesto. Nessas horas é o que resta.

Ele a reconheceu, se apresentou, a naturalidade dos gestos era invejável, não titubeava, não enrubescia, não desarranjava, inteiro estendeu a mão dizendo os nomes, era de dar medo, quantas mulheres teriam aquela segurança? Quantas saberiam com toda a certeza, num hall comercial, quem é que elas estavam procurando? A preocupação com o conteúdo, com a aparência, com filhos, casa, marido, mãe, pai e toda a civilização roubaram do sexo frágil a convicção.

O elevador metálico fosco se abriu, luzes fortes, muitos números, nenhuma letra. As linhas arrojadas, com cheiro de modernidade e eficiência, sequer tremia, era sólido, grande e compacto, cheio de si. Você pode se ajoelhar diante de um desses, pedir perdão e se sentir culpada, mas não há nada que possa fazer para mudar a desproporção evidente entre você e um elevador macho, pré-histórico de último tipo.

Ele gentilmente lhe cedeu a frente, ela entrou, apertou um botão do painel com a firmeza fingida de sempre ter feito aquilo. Ele se colocou próximo ao espelho e esperaram olhando a porta fechar, nada. Ela apertou impacientemente de novo, a porta continuava aberta. Novamente e nada. Então ele estendeu o braço, até seu braço era infinitamente maior do que o dela, apertou um número e fez funcionar!

Mui amiga

Você já deve ter reparado que existe uma separação, um apartheid entre casados e solteiros, não é preconceito, não. Alguns casados, namorados, ou que se sentem encaminhados e portanto superiores, acreditam que os solteiros, os singles, os abandonados e os viúvos são seres que precisam de salvação. Outros acreditam exatamente no oposto disso, na solteirice como salvação.

Ainda hoje é comum ouvir expressões como, "espero que você consiga refazer sua vida". Um relacionamento desfeito é idêntico a toda uma vida? Ou, "agora que está solteiro é que vai começar a viver, cair na vida". Esta é sempre acompanhada de um sorriso cúmplice .

É simples, quem crê no casamento acha que todo mundo deve se casar de alguma forma ou arrumar namorado, porque o que está em jogo é a instituição ter alguém. Provavelmente querem amaldiçoar os solitários com o mesmo destino cruel que lhes foi lançado.

Quem não crê faz propaganda negativa dos relacionamentos e acha do fundo do coração que só um louco faria uma aberração destas.

Foi pensando nisso tudo que você, que não sabia se decidir entre ser a pessoa mais feliz do mundo ou a mais coitada, agora que seu namoro havia terminado, entrou naquela festa. Sua amiga casada, logo que te viu entrando sozinha na festa, fez cara de reprovação e te puxou de lado, apontando discretamente para um sujeito e falando em tom de pura verdade que aquele sujeito ali não parou de te olhar. Você, que tinha acabado de entrar na festa, ficou meio desconfiada, nem havia dado tempo para tanto.

Então você percebe que ele existe, está atrás de uma mesa e deve até ser verdade, fica sem graça e olha, ela insiste, dizendo que o cara parece superlegal e você olha um pouco melhor. Mas o que é aquilo? Há um estranhamento visual, um astigmatismo, um questionamento ontológico, por que será que ele usa as calças iguais às do Obelix, no pescoço?

Sua amiga insiste que o cara deve ser muito legal, muito legal mesmo, ela o chama, você quer se matar, ele se aproxima e educadamente beija sua mão, claro que você não entende, nem mais em filme de época se faz isso, você retribui com um sorriso amarelo, sente pena de si mesma, enquanto ele procura engatar uma conversa do tipo normal, mas só fala da dificuldade que tem tido para curar uma micose que o persegue há anos. Você pensa que sua querida amiga te apresentou a um autêntico micótico.

Além disso ele quer te mostrar que entende muito de música e vai em direção ao aparelho de som, examina um monte de cds com cara de quem entende da coisa, você respira aliviada, ele foi para longe. Sua amiga comenta, que cara legal, você acha que está ficando surda ou que está no circo Orlando Orfei, porque uma música de circo invade o ambiente, mas afinal quem escuta música de circo e se orgulha disso?

Ele volta todo orgulhoso com seu feito circense e você não sabe mais como se livrar dele, pensa rápido e pede com voz de meio coitada uma bebida, ele solícito vai buscar. Você quer brigar com sua amiga, que coisa mais chata ficar apresentando alguém que não tem nada...mas ela imediatamente abre o jogo e lhe diz que o cara é um primo querido, que acabou de terminar um namoro complicado, reitera que é um cara muito legal, que parece estar muito interessado em você e que só tem um probleminha. E você pensa, mais um? Mas fala, qual?

— Ele não senta.
— Como, ele não senta?
— Coisa à toa, não senta.
— De jeito nenhum? Você quer dizer que ele não é gay?
— Não, não é isso. Só anda de ônibus.
— Vai ser difícil...
— Larga de ser boba, o amor supera tudo.
— Mas... como não senta?
— Não senta, aconteceu. Larga de ser preconceituosa.
— Então me diz como é que se sai com alguém que não senta?
— Ele fica de pé no balcão e você no banquinho ou na casa dele, lá só tem cama, você pode ir lá...
— Como? Nem conheço o cara e vou deitando, assim?
— Pára de arrumar problema, isso não é nada, o que importa é que ele é superlegal e você está sozinha, tá querendo o quê? Escolher?

O mundo é um lugar inóspito e por isso é tão difícil conhecer um cara legal, é difícil até arrumar um cachorro legal. Diante desse circo de horrores você tem duas opções: o desespero, que acarreta invariavelmente a perda de critérios, ou dar início à sua segunda virgindade. Não é fácil, nenhuma das opções é, mas com o tempo você se acostuma.

Sexo tântrico

O garçom traz o couvert enquanto suas amigas falam, todas ao mesmo tempo, o barulho é intenso e você já desistiu de tentar conversar e se contenta, valeu olhar para elas, é só uma vez por mês. Quando no meio da falação uma voz mais forte se impõe – meu marido é tântrico, e o seu?

Respostas rápidas e breves de admiração e compreensão. Você pensa, o meu ex, palmeiras, orgulhosa terá algo interessante para dizer também, mas ainda mastiga um pedaço de pão, o tempo corre, a boca está cheia, tarde demais. O silêncio te traiu, todas te olham com pena e você nem tem idéia do que significa isso, talvez seja um novo time de futebol.

— Querida, é quando o homem não goza!

A explicação soa estranha, por que afinal um homem faria isso? Doença? E você se agarra aos novos recursos da medicina, há solução com certeza, pode ser uma crise passageira, quer dar uma força e...

— Os homens que gozam são animais que perdem a energia vital, vitaminas, sais minerais...

— Que coisa terrível, digo eu. Nunca pensei por esse ângulo, coitados.

— Como, coitados? Só os tântricos viverão para o próximo milênio, quem nunca fez sexo tântrico levanta a mão!

Nesse exato momento você está levantando sua mão para chamar o garçom e é pega em flagrante, você, justamente você, novamente você, você sempre se ferra com essas amigas. Pode ficar com raiva do seu ex, ele nunca havia lhe apresentado isso, ele gozava e até que muito bem, ele era um animal, isso lá é verdade e com certeza não viveria para o próximo milênio, mas quem o faria?

— Os homens que gozam não são carinhosos, gozar é prejudicial à saúde.

Há somente duas alternativas, ou sua amiga trepa com um animal ou você se tornou um animal e não entende mais nada, qual a graça disso tudo, afinal? Tanto esforço e nenhum gozo?

— As mulheres podem gozar é claro, elas não perdem nada, logo se vê que você não entende nada do assunto, você não é espiritualizada mesmo, chega dessa coisa muito corpo, muito gozo, muita ação. Aposto que seu ex gozava e você deixava!

Você que já estava se sentindo pequena começa a se sentir suja também, com a mesma sensação que teve ao dizer para seu amigo vegetariano que comia carne vermelha e gostava.

— O segredo está nas reservas do corpo masculino, homem que goza fica velho mais cedo, engruvinha e morre. Repare numa coisa, olhe os homens por aí, veja, tá cheio de homem envelhecido e depois não adianta reclamar, vem a depressão, a desvitalização e o alzheimer. Já está comprovado cientificamente, a salvação do homem reside em adiar ao máximo o gozo, os mais elevados espiritualmente o separam da ejaculação. O tantrismo é pura meditação, a energia vital é armazenada no chacra que fica entre o ânus e a vagina ou o pênis e quando sobe à cabeça, se mal controlada, pode te enlouquecer.

E você pensa, que coisa complicada, que coisa perigosa, deve ser por isso que tem tanta gente louca no mundo.

Pingue-pongue

Você foi apresentada a um gato, legal, divertido, valeu! Uma semana depois você entra no café em que almoça sempre e sem querer ele está lá. E você, como quem não quer nada, com toda a naturalidade do mundo, vai dar um simples beijo de oi. Seu rosto vai... sua pele roça suavemente na dele, o cheiro é divino e acontece um tremor, um leve frisson, um pequeno enrubescimento. Não dá para esconder, ele viu, ele viu. Seu segredo dançou. Você continua, finge que nada aconteceu, embora já tenha virado seu rosto um pouco para a esquerda e esteja olhando para baixo e puxando os cabelos, como cortina, para a frente.

Você se tornou presa fácil, nada pior para uma mulher que ser fácil, é preciso negar, disfarçar, esconder e correr. Abriu o jogo cedo demais, pior, o jogo escapou. Se fosse algo como um pum, um simples e triste pum, dava para pôr a culpa na mesa ao lado, no garçom, num cachorro que passou. Crianças nessas horas são bem-vindas. Mas um arrepio num simples oi é vulgar demais, é carência em excesso, e seus disfarces, pura denúncia.

Minha cara, nessas horas apele, não há mal algum em apelar no desespero, lembre-se daquela sua velha alergia, rinite, sinusite, bursite e apendicite. Vire o jogo – hum (respire fundo), que perfume é esse que você está usando? e silêncio, muito silêncio.

Ele está atônito agora, olha para os lados rapidamente e respira fundo procurando com as narinas aquilo que à mente escapa. Deixe no ar esse aroma.

Casamento

Você já reparou que têm coisas em que as mulheres são muito chatas, tipo você sabe tudo sobre metrô, ele tá na cara que não, porque você é muito competente e homem odeia isso, então você fala, depois que ele se perdeu no metrô, eu não disse? Nunca fale isso, espere ele perceber que estava errado e pedir desculpas, não dê nenhum sorrisinho de superioridade e você ainda deve falar: amor, que pena, não fica chateado, foi superdivertido se perder no metrô, graças a você tivemos um programa legal. É ridículo, mas funciona.

Nunca espere um elogio, nunca peça um elogio, e quando este chegar agradeça imediatamente, não faça doce esperando por mais — ah, imagina só, não exagera — não vai ter mais se você não reconhecer, imediatamente, como seu marido é legal em te fazer elogios depois de tantos anos de casados. Afinal ele está fazendo muito mais do que sua obrigação.

Diante de qualquer absurdo dele do tipo: não como mais alface verde porque a ciência comprovou que o verde da alface é cancerígeno e faz a próstata cair. Concorde e afirme que você também leu este artigo naquela revista sobre culinária, que próstata caída é mesmo a pior coisa do mundo, mesmo que ninguém saiba o que isso significa, tudo que toca na próstata dele é sagrado e não importa por quê.

Jamais fale de suas qualidades nem clame por reconhecimento, o silêncio é o único amigo de uma esposa. A comida é divina, silêncio. A roupa de cama é linda, silêncio. Você está se achando linda, silêncio. A casa está limpa, cheira bem, como você e aquelas flores que você comprou são demais, silêncio. E quando ele quase notar em sua toupeirice habitual – querida, algo está diferente no ar da cidade hoje, você não acha? Silêncio, depois de alguns anos, silêncio.

As virgens, as semivirgens e as mulheres

As virgens são uma espécie em extinção, quase todas beiram, hoje, os 70 anos, embora ainda haja uma ou outra jovem virgem. Quando ouvem a palavra homem elas se benzem, pedem perdão a Deus e falam alto cruz-credo. Ao dormir rezam com medo de que um homem apareça, pedem proteção ao senhor Jesus Cristo, que as mantenha longe da tentação. Sempre que alguém na sala menciona que homem lindo, beijo na boca ou sexo, elas saem correndo. Sentem um enorme amor por Cristo ou por Deus e mais nada. Uma ou outra já ficou sozinha no elevador com um homem, o coração disparou, sinos tocaram e uma sensação de desmaio no ventre. Mas isso passa. Algumas dão, de vez em quando, mas não se entregam jamais.

As semivirgens são quase virgens que não deram certo porque dão, mas não de qualquer jeito, não para qualquer um, há tantos nãos. O homem tem de ser um homem especial, é preciso acreditar que há amor entre os dois ou coisa parecida ou esperança de que possa haver. Precisam de namorado, de romance, de conquista, afinal de uma ajuda do bom Deus, por favor. Não ficam peladas na frente de qualquer um, porque são tomadas por uma vergonha virginal e nem agüentam ser descartadas no dia seguinte, rezam a Deus, de joelhos, para que isso nunca ocorra.

Escolhem seus homens a dedo e ficam marcadas por dentro, de uma forma incompreensível, se não para sempre, pelo menos por muito tempo. Trocam pouco de parceiro, porque para cada um há uma via-crúcis a ser percorrida, uma virgindade a ser rompida. O medo da violação de sua alma ou de qualquer outra parte sensível só cede diante da segurança da aceitação plena. Doce ilusão. O sexo é sagrado ainda que rápido e freqüente. O coração dispara e elas, pobrezinhas, sufocam quando encontram um homem que vale a pena. Entregam-se com fervor.

As mulheres dão, podem até demorar um pouco, mas dão. Por obrigação, por tesão, por falta do que fazer, por que não? Quando sentem medo, bebem. Fecham os olhos e deixam rolar, às vezes fecham também a capacidade de julgar, se arrependem. Sentindo aflição pela própria solidão cedem, e afinal os homens esperam isso delas, segundo elas e a televisão. Elas se excitam com a situação de conquista, com a sedução, depois passa. É sagrado ganhar um homem, dois homens, três homens... Diversão garantida ou esperança de um relacionamento, nada muito claro em suas preces. Oram para muitos santos e são muitas as comunhões.

Elas são leves de espírito, ainda que machucadas, pedem a Deus, com fervor, não envelhecer. São devotas do olhar masculino. A paixão é seu combustível e por isso estão sempre alegres. A vaidade é seu pecado maior, por isso raramente se entregam.

Você só poderá se encontrar em uma dessas três categorias, não há categorias mistas e embora não sejam determinadas geneticamente nascem conosco. Agora, lembrem-se, não há categorias alternativas para os homens, não há homens castos, nem mesmo os eunucos o são. Não há mais homens semicastos, os últimos morreram no século XIX. Há homens. O que não é problema. Se você amar, se você vier a amar um homem, amar mesmo, amar com tamanha densidade que chega a doer, que dá tremedeira e que tira a sua lucidez; construa um altar, ore com resignação, seja temente às forças da natureza e o adore.

Declaração

Ela estava tensa, suava frio e sabia que estava frita. Ao se olhar no espelho notara as pequenas marcas de terror em seu rosto, as olheiras, afinal não dormia bem há algumas semanas, a pele dilatada e cansada fazendo das pequenas rugas, riachos. Seus olhos brilhavam de excitação e, ao mesmo tempo, imploravam por misericórdia. No último sonho, confundiu os sons das campainhas, abriu a porta em vez de atender ao telefone, os ladrões entraram na casa, a sorte foi que acordou. Nas noites seguintes acordava com os olhos arregalados, de uma só vez, o coração na boca, aterrorizada, e não dormia mais.

Algumas peças dispersas, pensamentos recorrentes com aquele homem que de fato a fazia passar mal ou bem, dependendo do ângulo, o quebra-cabeça ainda demorou mais algumas semanas, mais alguns encontros leves e mais algumas conversas por telefone. Inegável, ele era bastante atraente, suficientemente interessante para que ela quebrasse sua promessa, dois anos sem homem, no mínimo, precisava esquecer. Besteira, era o que pensava em frente ao espelho, não havia esquecido muita coisa nesse primeiro ano, mas não podia negar que estava mais que ligeiramente enfeitiçada.

E quando nos sentimos atraídos por alguém e queremos falar algo bonito, o que dizer? Pensava na declaração de intenção, aquela que inicia a relação e vem antes das grandes declarações da vida, eu te amo, quer casar comigo, estou grávida e não te agüento mais. A declaração de intenção de amor é uma vertigem que revela uma das grandes verdades da vida: não há frases feitas.

Coragem, o jantar já estava marcado, seria melhor resolver logo esse assunto e passar para o próximo capítulo de sua vida, fosse ou não correspondida. E se fosse, mas não fosse tanto ou não fosse sério, se fosse um engano e se desse com os burros n'água? Ela estava incessantemente diante de algumas alternativas ruins e outras ainda mais. Começar uma possível história de amor é tão perigoso quanto levar um fora. A declaração de intenção de amor mata qualquer um de medo.

Chegaria ao restaurante e diria "Oi, tudo bem" ou "e aí, como vai?" E depois? Silêncio em seus pensamentos. "Sabe, te acho um tesão!" Ela sabia que isso não é coisa que se fale assim, de cara, sem mais nem menos, parecendo uma tarada num primeiro encontro, pura cafajestada. Então, como dizer que você tem o poder de criar fantasias amorosas e sexuais que, acho, nunca tive antes? Que sinto vertigem quando estou ao seu lado, que meu corpo se arrepia, que meu coração dispara e penso naturalmente em sexo, sem nenhum esforço. "Quero enfiar meu peito em sua boca". Não, isso não se pode dizer assim, também. Afinal, quem é que entenderia uma declaração de intenção de amor nesses termos? Só um velho conhecido apreciaria tal poesia. O momento era muito delicado, ela não tinha tempo a perder com seus próprios absurdos.

"Acho você muito legal!". Será que comportaria a dimensão de achar alguém mais legal ainda do que os outros, porque sente por este uma saudade inexplicável, não se sabe vinda de onde, sente falta de ouvir sua voz e ver seu sorriso, já o mais belo da face da terra e um estranhíssimo desejo de grudar em seu corpo? Muito leve, sem pontaria, para a declaração de intenção de amor só se tem um tiro.

"Você mexe comigo!". Como mexe? Em mexe não há sequer um fio de poesia, em mexe o outro não se sente especial, é preciso que a declaração de intenção faça crer que o outro é muito especial e que se quer provar o outro, que há água na boca, salivação, suor, taquicardia e perda de fôlego.

Os pensamentos estavam longe, dirigia o carro, ouvia música e não se achava lá, nó na garganta e não se achava mesmo, tudo parecia um pouco irreal, nem mesmo a chuva que caía com força tinha o poder de despertá-la.

"Desde que te conheci não paro de pensar em você". O perigo era evidente, agora se expunha de fato, podia ainda recuar dizendo "não paro de pensar no que você me disse, muito engraçado." Recuara demais. Que tal "não paro de pensar naquilo que você disse, sério, é sério mesmo!"? E o que teria sido dito? Seria justo arremessar o problema para quem não o embalou? É necessário coragem ao declarante, senão a alternativa é o silêncio. Os corações sinceros são covardes, precisam de vinho, ela beberia com certeza. Uma ponta de interrogação a atormentava, afinal era dever dos homens fazer tais declarações, mas ela sempre tomara a dianteira nesses assuntos, injustiça que os homens fossem tão mais sensíveis à perda que as mulheres. Ela já havia usado essa declaração outras vezes e queria algo especial, algo que nunca tivesse sido dito.

"Você faz as luzinhas da minha árvore de natal se acenderem!". Luzes acesas é coisa séria. Essa declaração de intenção deveria ser usada apenas entre pessoas de bom gosto.

A chuva apertava, ela suava frio, o coração era só disritmia e a troca de sinais em seu sonho continuava lá como música de fundo. Sentia-se embaçada, havia algo semelhante a um pensamento, quase vinha e depois ia. No rádio, o locutor avisava que uma frente fria estacionara no Estado e não havia previsão de mudança, a vida era assim mesmo, então sua chance de se perder ainda era a mesma e ela poderia dizer: "Meu bem, você me dá medo!" Para neuróticos caía bem, eles se entendem. Impossível apreender que o despertar de uma possível paixão leva a um liquidificador. E ela estava apavorada. Precisava de palavras leves.

"Você é um lindo!" Lindo nos gestos, nas broncas, nas manias e até no mau humor? Que beleza é essa que transborda dos corações declarantes?

Ele estava sentado no bar, ela entrava meio sem graça, beijos, olhares que iam e se desviavam.

Ela:
— Oi, tudo bem?

Ele:
— E aí, como vai?

Coisas de fazer e coisas de amar

Eu só me encontro nas coisas de fazer. Preparar um belo risoto. Funghi de molho no leite e vinho, cortar cogumelos variados em fatias grosseiras, picar cebola, cozinhar um caldo de legumes horas a fio. Sentir nas mãos o cheiro das coisas que vêm da terra, a vida é feita disso. O dourado da fritura, o ponto de cozimento, a textura do arroz. Mais sal, menos sal. A proporção de azeite, manteiga e parmesão, problema simples. Não esquecer do vinho, mexer bastante, sentir o aroma subindo da panela. Tudo que precisamos está ali aos nossos pés, no final dá certo, é bom e é de comer.

Eu me desencontro nas coisas de amar. Não tem preparação, as receitas não funcionam, nunca é como o cheiro da terra, mesmo quando é sincero e intenso. Não é um jogo embora envolva conquista. O que falar, como falar, quando falar, preocupações, como se fizesse alguma diferença. Uma palavra doce, um elogio a mais, um detalhe não percebido, um sorriso azedo, um beijo melado. Como agradar ao paladar tão variado? Bunda demais, peito de menos, umas rugas estúpidas, a cor do batom, a celulite é a culpada. É muito fácil se queimar. No fim todos saem perdendo. O coração é matéria-prima delicada, assustada, viva.

Para as coisas de fazer, ordem, seqüência, controle, início e fim, método, técnica, tempo do relógio, prova e repetição. Substantivos concretos. Palavras pequenas. Todo mundo entende essa língua.

Para as coisas de amar, sentimentos, expectativas, sonhos, ilusões, sedução, esperança, solidão, ciúmes e exclusão. Substantivos abstratos. Palavras grandes. Ninguém entende do que se trata.

Nas coisas de fazer, executar com paixão garante o bom resultado e a sobrevivência.

Nas coisas de amar, a paixão não se presta como garantia e muitas vezes flerta com a morte.

Por isso eu só me encontro nas coisas de fazer, no trabalho cotidiano, cortar, lavar, cozinhar, que mesmo dando errado sempre acaba bem.

Para as coisas de amar é melhor nem começar.

Invenção

O amor é uma invenção, você já deve ter reparado nisso. Uma invenção miúda que passa à margem da vida, embora totalmente necessária. Como são os alfinetes, as linhas e as agulhas de costura, ninguém se lembra disso, ninguém vive sem isso. O amor costura, faz bainha de calça, prende botões e ajusta. O que seria de nós sem o amor? Mais solidão, falta do que pensar, sem ter uma saída. O amor é uma saída.

A paixão é uma grande invenção, você já deve ter reparado nisso. E quanto mais inventada mais necessária é. Para tanto existe uma tabela de coincidências, tão urgente à paixão quanto o açúcar aos doces. Vocês são gordos? Coincidência. Descendentes de japoneses? Coincidência. A família imigrou há 200 anos da mesma cidade do Líbano? Coincidência. Gostam da mesma cor? São ruivos? Suas mães têm a letra C no nome? Tiraram as amídalas na infância? Seu filme predileto é estrelado pelo ator que ela mais odeia? Coincidências. Quanto mais coincidência melhor, mais intensa se torna a invenção. Supera obstáculos, cobre vazios e confere energia aos motores flaquitos. O que seria de nós sem a paixão? Puro tédio, noites e noites sem assunto, sem brilho no olhar, sem vontade de sair da cama, para quê? A paixão é isso mesmo, o para quê da vida.

A vida também é uma grande invenção, você já deve ter reparado nisso.

Amor–perfeito
ou
Alguns homens nunca perdem

Ele estava muito feliz. Sentia vontade de bater palmas em frente a um bolo de aniversário, apagar velinhas e cantar parabéns. A noite havia sido excelente, provavelmente a melhor de sua vida, já não tão curta àquela altura do campeonato.

O amor era lindo, ela era linda, doce, inteligente. . .muito atraente. E como era bom se sentir apaixonado novamente, querer uma mulher com tanto ardor. Acordar e pensar nela. Trabalhar e pensar nela, dormir, jantar, cuidar dos filhos e pensar nela.

E o jantar, as coisas que só ela era capaz de lhe dizer, seu cheiro, seu sorriso, o vislumbre de um amor nascendo. Talvez ele nem merecesse a sorte grande. Era baixo, gordinho, feinho e um pouco sem graça, inteligente e espirituoso para compensar. Mas estava enferrujado. A vida com sua esposa era simplesmente chata, bons amigos, a melhor forma de denominar esse tipo de amizade conjugal. Ele vivia sem sexo e no começo nem sentira falta, as crianças, a carreira, os amigos, o grupo de vinho, de cinema, de estudos extraterrestres, tudo era diversão, passatempo, ocupação para um homem casado, solitário e quase triste.

Ela chegara em sua vida do nada e, dentro dele, crescendo lentamente, surgiu uma vontade de comprar roupa, mudar a armação dos óculos, aprender francês e viajar para Europa, quem sabe até andar de gôndola em Veneza. A decisão de tentar conquistá-la foi penosa, afinal era um homem bem casado, com filhos, status e tudo mais. Ela topou de cara o primeiro convite para jantar e topou todos os outros também.

Este último encontro romântico num bom e discreto restaurante da cidade selara um compromisso de motel, finalmente ele iria, num próximo encontro, experimentar as delícias que imaginava aguardar. Num rompante de felicidade lhe comprara um buquê, amor-perfeito, lindas florzinhas, ela adorara, amor perfeito era tudo para uma mulher.

Com um beijo quase fraternal nos lábios se despediram, ele retornava ao lar, triunfante. No chão em frente ao banco de passageiros o buquê havia sido esquecido, a esposa na garagem acenava ansiosa. Enquanto estacionava, abria o vidro do passageiro e lhe prestava contas sobre a demora. A bolsa de Tóquio, o fuso horário, a cotação do dólar.

— Mas, querida ...

Ele jamais se esqueceria dela e para provar que aquele sentimento de amor profundo que os unia há tanto tempo era mesmo verdadeiro, havia lhe comprado um lindo buquê de amores-perfeitos.

Maldição ou paixão

Cada célula de meu corpo pertence a ele. Não há um só pedaço em mim de pele dura ou macia que não tenha seu carimbo. De meu mamilo rosa e tenro até minha sola do pé. Eu exalo ele, respiro ele, que ainda respira em mim. Mesmo em meus sonhos escuros, ele se apresenta cristalino, lúcido e furioso. Fui tomada por uma maldição.

Poderia comparar ao torpor da embriaguez que torna os corpos moles, quentes, formigantes, levemente anestesiados porque o vinho penetra no cerne de nossas veias, mas passa rápido demais. Poderia comparar à viagem delirante que fazemos por uso de uma droga qualquer, sem saber onde a ficção começa e até onde a realidade pode ir. Ou ainda, poderia dizer que é como uma música que não sai da cabeça, que não tem o menor sentido e que mesmo assim, a gente cantarola no enterro de nosso melhor amigo. Acontece que nada disso faz jus.

Se fosse uma roupa era só tirá-la. Se fosse uma ilusão era só olhar no espelho. Se fosse tesão apenas, era só trepar e tudo teria fim. Se fosse um vampiro eu estaria sedenta de sangue barato. Se fosse um seqüestro era só fugir. Mas é pele e de pele ninguém se despe.

Queria acreditar que outro amor consertaria o estrago dessa paixão, teria a força de me exorcizar, de libertar cada pedacinho meu, mas não, nada disso acontece.

Não me pertenço, fui reduzida a uma costela e depois a pó, que é o melhor que resta de mim, poeira dele, hálito dele, sombra dele, esperança de tê-lo de volta.

Então eu olho para outro homem, me aproximo, abro minha boca, ponho minha língua para fora e nada. Ele ainda está lá, no céu de meus ouvidos, no cheiro que exalo de minha paixão e só as lágrimas são minhas, pobre de mim.

Sexo burro

Era torturante continuar a pensar nela. Olhava para os lados, ela. Mudava de calçada, ela. Pagava contas, ela. Fazia xixi e ela também estava lá. Praticamente humilhante pensar tanto em uma só mulher. Afinal ele era um homem livre, desimpedido, bonitão e separado. E ela estava tomando conta de sua vida, aparecia quando não era chamada, ousando ficar mesmo quando deletada.

Uma vez lhe disse, decepcionado, que queria ter outros encontros, com outras mulheres, tão bons quanto os que tinha com ela, mas ultimamente só os tinha com ela, ela mesma, elazinha. E nem percebeu a declaração de amor embutida numa frase dessas, dita sem compromisso. Sempre conversava com ela, pedia conselhos, olhava e se desvencilhava.

E com a vida não era muito diferente, não. Sempre fugindo, ora do pai, um bruto, ora da ex-esposa, uma idiota, de sua cidade natal nem mais se lembrava. O melhor da vida era não ter vínculos e poder ter todas as mulheres que quisesse. E afinal, quem é que gostava de complicação? Somente algumas "elas".

Mas um dia aconteceu de ela estar conversando com outro homem e uma pontada de sentimento de posse, de sentimento de ciúmes, de sentimento de medo, de perda, de exclusão, nada claro, naturalmente, ficou. Como uma espinha perto da orelha, de vez em quando dói, de vez em quando a gente enxerga e de vez em quando se cutuca, até que inflama.

A cabeça pesada, o rosto quente e um aquilo incomodando. Teve um sonho, um pesadelo, ela nua, ele excitado, ambos conversando numa língua só deles, as palavras fluíam de suas bocas e concretas entravam nas cabeças e se acomodavam, tudo entendido, os dois. Depois ele estava de cócoras, atrás de uma pedra, da cor de uma pedra e se sentia uma, também. Chovia, estava frio, mas ele não se movia, metade medo, metade preguiça, metade querendo morrer. Uma bela mulher, rindo, estendia-lhe um casaco feito de um tecido quente e delicado. Seu coração saltava do peito, caía no chão e era uma concha branca, grande e vazia.

Quando acordou pensou que podia ser bom, depois foi tomado por um grande susto, um medo ainda maior do que aquele que sentia do pai. Ele que sempre se escondera, que sempre optara pelo pior, quase de caso pensado, por segurança, por um tipo especial de orgulho contra a vida, para que tudo desse errado simplesmente, para namorar com a morte em paz.

Há quem se esgueire da vida se afundando na vida dos outros, tentando salvar o que não tem salvação. Há quem se esgueire da vida escolhendo se afundar em algum tipo de dor. Há quem se esgueire da vida, como ele, de cabeça em pé, para não sair de um lugar oprimido. Formas variadas de covardia.

Outra mulher passando por perto, insignificante, gostosa, fácil, por que não? Lá foi ele, de peito aberto, sem medo algum. Trepar assim sempre era bom. Satisfação garantida em meio a tanta dor. Ela finalmente saíra de sua cabeça, finalmente ele estava livre, livre até para continuar com sua vida solitária, sem grandes pretensões, quieto em seu canto. Estava curado da chance de risco. Ele avaro, ela descartada. Agora, com a mente mais calma, a vida voltara a ter o mesmo sabor de segurança no fracasso.

Em seus sonhos ainda era um escorpião valente, sentia somente calor e já não sabia se este vinha do fogo do amor ou de uma pira incendiária, na dúvida, como sempre, se matava.

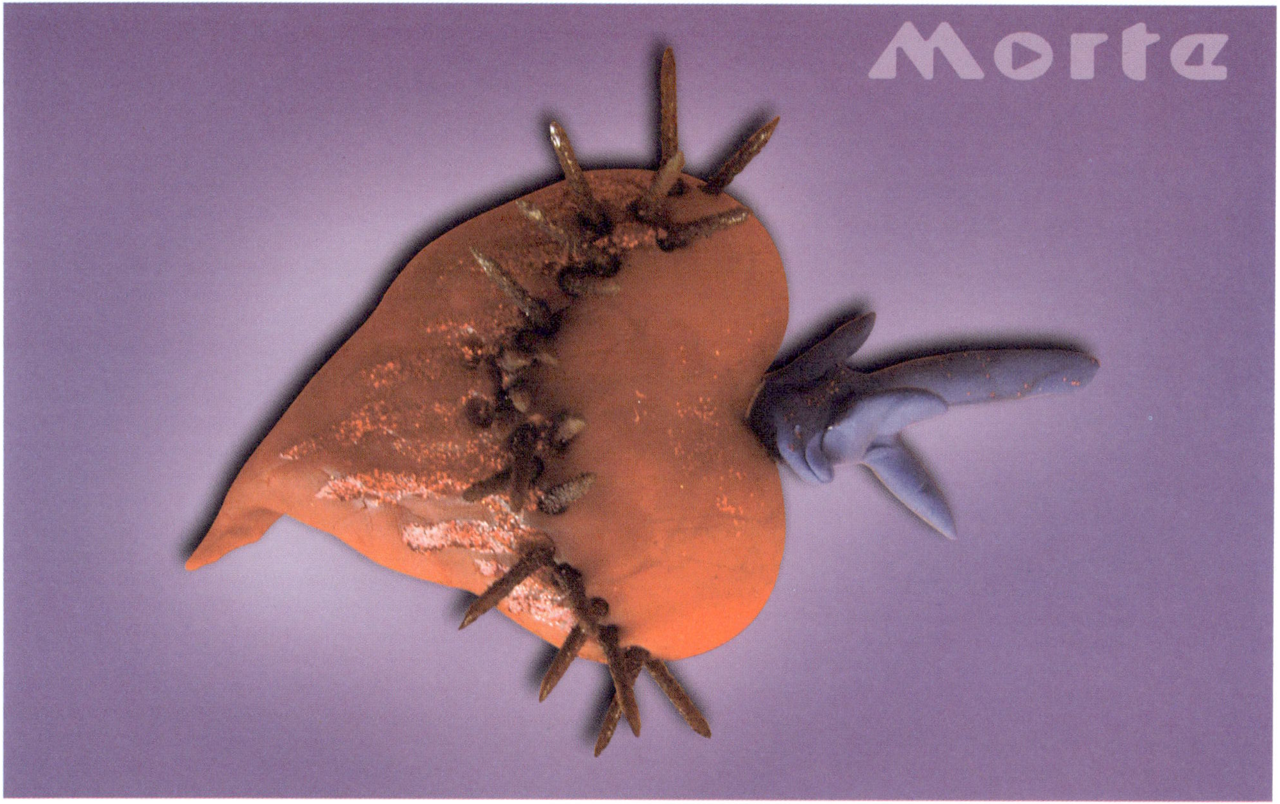

Morte

A roupa

"Ela precisa de uma roupa", dizia o cunhado.

"Uma roupa para quê?", falava a irmã aflita. "Pode enterrar pelada, tanto faz, já morreu mesmo".

"Pelada não pode, não. Onde já se viu, ninguém é enterrado pelado, isso é desumano", retrucava ele.

Ela cansada dizia: "não vão pôr flor? Põe flor, ninguém vai ver, tanto faz".

"E precisa de sapato, também".

Sapato? Onde já se viu, morto não anda. Quem foi que inventou uma desumanidade dessas? Quem disse que morto é vestido, maquiado, tratado e penteado? Que venha aqui, quero falar com essa gente que não entende que ela morreu e morto não anda, não tem sexo e nem vaidade.

A família chegou dizendo o contrário, era bom ter roupa, sapato, batom e muita dignidade, porque até em assunto de morte há moda e costumes. Vencida, por vencida mesmo a irmã não se dava, mas consentiu, era minoria, não tinha a cultura da morte, fazer o quê?

Penteada, maquiada, vestida e calçada, melhor não ficava, porque a morte não podia ser disfarçada com nenhuma artimanha de mulher fogosa. Morta estava, morta continuava. No caixão um monte de rosas, nem dava para ver o vestido e o sapato. Qual o sentido de um morto bem vestido? Grande coisa... E veio o problema: o caixão era pura desolação, era pequeno, a morta era muito baixa. Como é que ninguém pensou nisso? Caixão pequeno dá má impressão, tanto tempo perdido com roupa, sapato, problema dos vivos, que nem tempo tiveram para ver o problema dos mortos.

Ali estava um caixãozinho quase infantil, uma pérola, um objeto ridículo desfigurando a morta, roubando-lhe a natural dignidade de morta. Quem levaria a sério, quem choraria, quem sentiria dor por algo extremamente ridículo? Era só olhar, uma olhadela, nem precisava pousar os olhos longamente sobre a cena, todos davam risadas. As rosas até o pescoço, sufocando e apertando ainda mais o caixãozinho.

Um morto não pode ser bizarro, tamanho de criança e rosto de mulher, um caixão não pode se parecer com uma gargantilha muito grande e apertada, dessas que fazem saltar a banha do pescoço. Descalça, pelada, sim. Apertada em sua própria altura, não. Deviam ter pensado nisso, um caixão top model, disfarçando a pouca altura da morta, já que nem mesmo os saltos altos dissimulavam o encolhimento.

Uma figura insólita, dava pena, coitadinha, nunca tinha sido tão humilhada, tamanho de criança, rosto de mulher. A vida havia disfarçado o seu aspecto circense, nunca havia sido tão baixa, tão anã, tão desengonçada. Era uma mulher graciosa, sensual de verdade, difícil acreditar, agora, quando a vemos enterrada até o pescoço num caixão luxuoso, que um dia foi capaz de despertar mais do que risadas.

Como era possível encolher assim, tão de repente? Como é que a vida havia conseguido a proeza de disfarçar tão bem esse aleijamento, hoje, no dia de sua morte, tão evidente? Será que a morte tem a capacidade de, ainda por cima, nos desnudar tão friamente? Como se não bastasse apenas morrer, ainda somos revelados, sem proteção, em nosso mais miserável defeito. Transformanos em uma aberração, justo no dia que não podemos, de forma alguma, nem correr, nem esconder. Será que é esse o motivo de vestir a morte?

O desespero tomou conta da irmã. Pensava em sua morte, em sua altura, em sua futura pele de morta, nas espinhas que poderiam aparecer e até nas rugas, que, decerto, um dia teria se o tempo lhe permitisse o luxo de viver. E quem se preocuparia com sua aparência de morta? Sem irmã, sem espelho e sem poder fazer nada.

Decerto haveria um cunhado sobrando em algum lugar, um cunhado é um cunhado, são os tipos que se preocupam com as roupas e os sapatos das pessoas que morrem, querem pôr flores e velas, chamar os amigos. Os cunhados gostam daquelas coroas de flores com dizeres impressionantes, grandiosos e esquecíveis. Quem sabe um desses, num lampejo de lucidez, poderia compreender a situação e comprar um caixão mais comprido, menos enfeitado, que ornasse melhor com sua pele, seu tipo físico e mesmo com seu gosto?

Uma mulher sofisticada e esnobe merece um tipo de caixão, outra mais sofisticada ainda merece outro tipo e assim por diante. Não basta ser de luxo, boa madeira e tudo mais, aliás isso é besteira, tem que ter design, estilo, pode até ser bem vagabundo que ninguém nota. O negócio é realçar as qualidades da morta ou do morto. Quadrado. Clubber. Fashion. Hippie. Intelectual. Redondo, tipo cama de motel. Com a toalha do lavabo combinando, sabonete combinando, um belo composê na decoração do velório. Manequim para caixão, revista de moda com as últimas tendências e tudo o mais para sua morte inesquecível. *Morra feliz, morra com estilo! Não seja mais um morto sem graça neste mundo, lute pelo que é seu, até o fim* — que slogan, não?

Enquanto o sonho da bela morta não se concretizava, era preciso salvar a morta anã daquela vergonha horrorosa, da crueza ontológica em que fora arremessada. Ela que, naquele instante, representava todos os mortos que sofreram essa brutal alienação em suas personalidades após a morte, bem que poderia com toda a justiça se levantar, fazer discurso, sair de dentro daquele horrível objeto, pedir ordem no recinto, clamar por dignidade, por piedade e se transformar em líder do movimento pela morte com estilo e decência.

O cunhado veria quão tolo conseguira ser, pedindo sapato e vestido. A família saberia de uma só vez que a irmã estava certa, não havia mesmo moda e costume dos vivos que fosse útil para os mortos. E a morta, de tão humilhada, se levantaria como sempre havia se levantado contra as injustiças e toda aquela farsa ridícula teria fim. Era esperar, esperar, esperar... e um pouco mais esperar. Esperar para reaver o sentido do mundo, a ordem natural da vida, reverter o caos. Em poucos minutos a cena dantesca, sua irmã morta, num caixão anão, seria desfeita. Esperar. Ela quase via a respiração, os leves movimentos, as flores se mexendo, um som familiar... logo desapareceram. E era então, esperar...

Acontece que não acontecia nada, nadinha, além de tudo que já havia acontecido. Quer dizer, acontecer até que acontecia, mas não era no sentido esperado. Uma ponte de esperança que ia e vinha foi sendo desfeita, as idas cada vez mais lentas, as voltas mais tortuosas. E o frio se impôs, mandou para longe o jogo, as disputas e a razão. Um frio intenso, de arrepiar o coração, não havia mais o que fazer, sobrou a dor, nua e descalça.

Sobre a falta do pai

Quando o pai dela se foi, um grito caudaloso e um choro desesperado.

Quando o meu pai se foi, um soco bem dado no estômago, um choro contínuo de saudades.

O pai dela no caixão e lágrimas que brotavam e brotavam e brotavam. Uma dor ruidosa, quente, absorvendo todo o seu ser. Tempestade com raios e trovões destelhando e inundando a casa, levando consigo a própria dor. Uma enxurrada gelando a alma. Um tufão revirando a terra, destruindo a plantação. Naufrágio sem colete salva-vidas. Silêncio. Do rastro de destruição ficou intacta apenas uma mesa de madeira rústica, carrancuda, enfezada, e um papagaio de pelúcia, muito querido, lavado pela lama. Pedaços e mais pedaços de tudo quanto é coisa e de coisas da natureza destroçadas.

O meu pai no caixão e lágrimas suavemente caindo. Uma sensação de estar perdida no tempo e nas idades da vida. Pensando com toda a certeza que direita é esquerda. Estar num bairro desconhecido acreditando que a entrada é uma saída, e atônita se perguntar como foi que eu não vi isso antes. Diante do botão do elevador as setas não fazem o menor sentido. Confusão. Não há mais lugar na sala do cinema, mesmo quando se tem o ingresso na mão. A casa sendo dividida à força de um novo regime de governo, com outra família. Acabou a compaixão, deixei de ser filha, serei a próxima.

Quando o pai dela se foi, atadura nenhuma estancou a hemorragia. Das palavras varridas pela ventania sobrou um pouco de horror e muita reclamação.

Quando o meu pai se foi, adquiri uma certa distância para evitar a hemorragia. As palavras vieram ocupar o lugar vazio.

O pai dela no caixão, berros arrastando todos os sentimentos até a mudez absoluta, o tempo se foi.

Meu pai no caixão, lembranças querendo falar sobre aquele domingo engraçado no ano passado, o risoto que não pudemos comer, queria mais tempo.

O pai dela doente, revolta e aflição.

O meu pai doente, simples aceitação.

Ela tinha 10 anos e eu, 40.

Vitela

A vitela é carne de boi ou de vaca. O novilho bem pequeninho é criado em confinamento, quase não se mexe, para não criar músculos, se desequilibra quando de pé e dizem as más línguas que nem abre os olhos, pobrezinho. Recebe alimentação especial para manter a carne tenra e macia, e morre bem cedo, para virar vitela, é claro. A vitela morre cedo.

A vitela é carne difícil, principalmente o pernil, precisa ser rigorosamente limpa, toda cortada em camadas arqueológicas para ficar sem nenhuma gordura, muito bem temperada, alecrim, tomilho, mostarda, vinho, salsinha e cebolinha, um pouco de pimenta enfiada em pequenos buraquinhos para pegar gosto, alho, sal e descanso. Como novilho, mal podia andar, e como pernil precisa descansar muitas horas.

A vitela ao assar solta um aroma muito característico que precisa ser vencido em seu tempo ideal de cozimento, fora deste adquire cheiro de morte, que passa para o gosto, ela é muito delicada. Só um bom mestre é capaz de assar uma vitela decentemente, realçar seu sabor de carne leve e forte, tenra, macia, consistente e afugentar o forte odor que ela exala. É como se os deuses que protegem os animais se vingassem, afinal crianças cheiram bem, por que pequenas vacas cheirariam tão mal depois de cozidas?

Imagine em sua boca algo sublime, perfeito e por isso indescritível. Equilíbrio no paladar, nos temperos, no tempo de cozimento, no aroma e desequilíbrio em mim, que andei de olhos bem gordos até aquela vitela, a melhor de minha vida, em meio à festa de família. Enquanto mastigava e engolia lentamente a melhor vitela de minha vida, surgia em meu espírito o filme de minha vida, minha vida de vitela, minha vida condensada numa vitela, os anos vinham e a vitela ia suavemente deixando suas marcas. A memória e a mastigação passeando de mãos dadas.

Como pode uma coisa tão boa lembrar das coisas que nos faltam, que não estão mais nem aqui, nem lá? Que estão numa vitela que está se acabando em sua boca? A melhor das manhãs do mundo que já foi, a pior noite de todas que também se foi, a saudade que fica no gosto persistente de vitela e vida.

Lembrança é triste mesmo quando boa, foi-se embora, só volta em névoa, em sonho, em falta. Se volta em falta não é, por isso é o que não é mais, é vitela que foi a melhor de minha vida e já se foi. Divinamente triste, amargamente saborosa, vitela dói no coração.

Outro dia comi outra vitela, boa, muito boa, mas ainda tenho aquela vitela, a melhor de minha vida, marcada em minha boca, só por isso aquela não foi tão boa, comparar é como confinar boizinho, por isso os deuses que protegem os animais me castigaram. É preciso deixar as vitelas passarem uma a uma e esquecer. Esquecer que ele iria amar aquela vitela da mesma forma que me amou. O amor também tem seu tempo de cozimento, camadas e gorduras, pode cheirar muito mal e acaba.

Até que um dia você come uma vitela com o sabor das suas memórias e o aroma pesado da saudade, e lembra das vitelas que se foram, confinadas no tempo. Não voltam mais.

Missa de sétimo dia

A igreja modesta estava cheia. A celebração da missa de sétimo dia havia reunido amigos, familiares e funcionários. Homens de um lado, mulheres do outro. Antigo costume, numa tentativa de diminuir o problema de quem vale mais, quem merece mais, quem é quem no panteão do morto e dos vivos influentes. Afinal há poucos bancos da frente, em geral um de cada lado. Cores escuras nivelavam todos os presentes, oferecendo uma visão solidária, quem não o foi durante a vida, tinha a oportunidade última de ser irmão na cor. O respeito do negro, a sobriedade do azul-marinho e cinza, os óculos escuros e as caras de dor. Aquele olhar que se desvia sorrateiramente para o chão, querendo respeito e dizendo mentira. As bocas um pouco apertadas, de quem quase chorou, quase arrotou, quase engasgou o morto. Há solenidade no ar.

A umidade ia subindo pelas pernas, entranhando, transformada em choro contido. Obrigando abraços, apertos de mão prolongados e olhares quase sinceros. A secura dos funcionários batia ponto impacientemente e arrastava amigos menos verdadeiros, parentes mais raivosos e crianças. Um quê de não sei o quê ia dando nos presentes. Um descasamento entre a vida e a morte. Num retrato fiel não há unanimidade.

O padre animado exortava os fiéis à vida eterna, falando de um Cristo, deliciado com a morte, em nome do Pai. Fazendo pouco dessa vida e de seus infortúnios, amém. E supervalorizando o lado de lá, que se fosse tão bom assim tinha deixado a igreja vazia, num suicídio coletivo. *Somos só carne e ossos, com desejos vis e pensamentos mal compostos.* Ele havia deixado de lado a natureza do evento: uma missa sobre a morte, para um morto e sua família golpeada. O êxtase e o sucesso tomaram o lugar da dor, lágrimas de amor a Deus cederam lugar às de saudade e medo. E mesmo tendo as emoções mais sutis surrupiadas pelo Paraíso a família gostou do show: um *plus* de conforto no desconforto da tristeza.

Fazia falta alguém lembrar o morto e suas qualidades, quem foi, o que fez, do que gostava; afinal era em nome dele que todos estavam lá. O padre disse que ele era um homem pio, temente a Deus, generoso em suas orações diárias, mas por que não disse que era generoso com todos, alegre e explosivo, às vezes um bárbaro injusto? Que todas as crianças o adoravam... O morto era o maior ausente. A religião tomou o seu lugar. Missas de sétimo dia não são homenagens e nem servem de consolo, uma pena.

A família dividida em homens e mulheres, aceitos, expulsos e semi-incluídos, da frente e de trás, gordos, magros e mais ou menos, bonitos, feios e razoáveis, normais e loucos; parecia quase unida na celebração da morte. Um pequeno grupo reunido por mãos apertadas, a filha e a mãe, a nora, a neta e a outra filha, olhares cúmplices e abraços. Ao lado um ponto de exclamação solto, exclamando coisa nenhuma, sem par, outra filha.

Esta vinha, se achegava à mãe que se achegava sutilmente a seu grupo. Novamente ela tentava, esticando a mão solitária, segurando o vazio. Agora o ombro se insinuava em direção ao ombro da mãe, procurando só um resvalo, um encosto; inútil. Não havia sustento. Depois... nem mais uma aproximação corporal, somente um olhar de dor; esforços inúteis. Não havia um lugar para ela naquele banco.

Sua dor convulsivante foi dando lugar a um chororô tranqüilo. Sua mão ávida de toque, afago e apertos diante do vazio esquivo agarrava o vestido justo, um pedaço do bolso do casaco, sossegando na alça da bolsa. O corpo trêmulo foi sendo recheado pela falta, tornando-se sovado e duro. Os olhos molhados e brilhantes escoaram e a seca deu seus sinais. O viço virou esbranquiçado, o sorriso, uma ruga profunda ao redor da boca. A cabeça foi ficando vazia e pesada. O coração sentia muito o trabalho de bater, mas não sentia mais nada. E respirar doía. Os pés e pernas doíam, as juntas doíam, sonhar e acordar doíam.

Uma dor no corpo todo, em contradição com toda a alma drenada, foi levando a filha para longe, onde estaria seu pai numa hora dessas? Embaixo da terra, cara de cera, carne dilacerada, caveira. Como seria ser morto? Sentir só dureza e peso no corpo, nada mais na cabeça. Movimentos dos vermes, que comiam a carne e os ossos, o terno e os sapatos italianos, malditos vermes. A mãe, as irmãs, a sobrinha, a cunhada, o padre, os funcionários, os amigos, os inimigos devorando. Seus sonhos de menina comidos sem requinte, nunca mais o pai, nunca mais seu protetor e para sempre todo o resto.

O banco dos homens não mostrava querer, sem olhos nos olhos, sem resvalos. Homens não se tocam... alguns até choram, um filho chora, um neto quase, um parente engole as lágrimas e os olhos vermelhos. Há quem pense que se engolir mais o coração explode, a cabeça arrebenta, mas a tecnologia de escoamento não deixa dúvida de que a operação só mata a longo prazo e o orgulho fere a curto prazo.

Dignidade. Eles parecem dignos já que nada sentem, solidários por carregarem a alça do caixão, apertarem as mãos a distância, sem barulho. Onde estarão os gritos de indignação? Será que o morto levou consigo a própria revolta? Onde estarão as carpideiras, porque morto que se preze precisa ser carpido, chorado, gritado, escandalizado. O silêncio digno, a solenidade retida, a umidade escorrida, a secura opaca; atributos do morto no caixão espalharam-se entre os vivos. Invertendo o sentido da devoração.

Saudades do tempo em que comíamos reunidos o coração do morto em um longuíssimo ritual, a cada dia um pedaço, cru e sangrento, como deve ser a dor. As nossas peles mutiladas em adoração aos mortos, o sacrifício tribal. Saudades dos urros de pavor.

Labirintite

Há três diferentes formas de se pegar uma labirintite.

A primeira consiste em entrar num navio grande, tipo cruzeiro, andar por inúmeros corredores cheios de portas, todos iguais. Vários e indistintos andares para baixo. Para cima, inúmeras refeições com sabor de frescura requentada e plástico. Pessoas comendo, jogando, comprando, nadando num tanquinho, bebendo, quase todas iguais. Na sala de ginástica, como um hamster, há esteiras, essas dão uma passageira sensação de liberdade. No cassino, as máquinas caça-níqueis estão dispostas em fileiras, lado esquerdo e lado direito, são brilhantes e atraentes, a luminosidade é do tipo nem de dia, nem de noite. No convés há corredores de cadeiras, corredores improvisados por faixas brancas no chão, e você anda, anda, anda e não chega a lugar algum. Você olha o mar, uma imensidão que acaba no horizonte de tudo quanto é lado, não há saída.

Em terra firme você se sente deslocada, pisa no chão, mas ele escapa. O chão se move. O olhar não se fixa e tudo parece desfocado e irreal. Deitada o mundo gira, em pé dá medo de cair. Os objetos estão sempre mais distantes da sua mão do que você pensa.

Quando você está num veleiro acontece a mesma coisa em forma concentrada e pior. A diferença é que venta bastante, você pode vomitar muito e termina mais rápido.

A segunda forma de se pegar uma labirintite consiste em excessos. Uma notícia impronunciável, um pensamento tortuoso ou um sentimento sem nome, acompanhados por vertigem. As conclusões que nunca terminam e rodam, rodam, rodam dentro da gente. Diante das opções, náuseas. Dúvidas e mais dúvidas. Os ouvidos incham e descamam em carne viva, os olhos desnivelam e giram em suas próprias órbitas. O portador dessa triste e grave forma de labirintite se sente cansado, desanimado e por mais que se estique jamais alcança a maçaneta da porta. Ele agoniza.

Há ainda uma forma mais perniciosa da doença, aparentada dessa última. Chama-se labirintite adquirida por gula. Café, cigarro, chocolate e coca-cola em grandes quantidades excitam esse negocinho que fica dentro do ouvido, o labirinto, que fica louco e vibrando sem parar, quer cair fora daqueles corredores elípticos. Ele quer se soltar, ganhar o mundo e conhecer o mar.

Moscas

Seu corpo amanheceu coberto de moscas num calor modorrento, nem o ar se arriscava a circular à sua volta. Um clima tão pesado que poderia ficar encerrado em sua mão esquerda, não fosse pelo sangue que quase parara de correr, impedindo qualquer movimento. Mesmo as pequenas faixas de luz que entravam pelas frestas da janela e caíam em seus olhos estavam empoeiradas, a claridade espessa juntara-se à secura do ar.

O deserto era muito mais suave do que aquela morte em vida, sem dor. Nem um murmúrio, uma entrega apenas, como quem diz você venceu, diante de uma roubalheira. Ao menos as moscas poderiam entrar em seu nariz e provocar um espirro, a luz machucar os olhos, qualquer coisa seria motivo de comemoração, até mesmo uma tosse. Silêncio e sono, foi o que lhe restou.

Há quem grude no asfalto derretido sem um pio e há quem se afogue no rio com pedras no bolso, ainda um derradeiro ato de vontade. Ela era do primeiro tipo e grudada às moscas, com os olhos entreabertos restava, jazia, ficava. O estranho é que as moscas pareciam gostar, enfileiradas, sobrepostas, com pequenos movimentos, tão animadas em sua mosquice contínua. A única parte vibrante daquele conjunto que se formara ao acaso, ao longo do tempo e que ali estancara.

Haviam chegado como a preguiça, uma a uma, como quem não quer nada e iam ficando sem aflição nenhuma de ficar. Era inegável que formassem um grupo muito especial já que depois de uma tempestade onde ouvíramos os gritos de Marta e até mesmo alguns passos no quarto, começaram a cobri-la pelos pés, lentamente. No início tentamos afastá-las e até colocamos espirais de fumaça com veneno, mas fomos sendo vencidos pela quantidade e tenacidade das moscas, elas queriam ficar.

Subiam por aquele corpo inerte que quase não mais respirava, aos poucos, em direção à boca. Uma semana para as pernas, duas para as coxas e mais duas para o ventre e os seios. Nos braços foram ainda mais lentas e agora estavam quase por fazer o pescoço desaparecer.

A pele de Marta fora alva na juventude, o que lhe valera o apelido de branca de neve. Contrastava com os negros e brilhantes cabelos que lhe envolviam a cabeça. Nem sempre era possível distingui-lo das moscas que se movimentavam ao redor de seu rosto. A idade rarefez as sobrancelhas, murchou os lábios e colocou os olhos em cavidades profundas, e como se não bastasse, por indignidade, lhe trouxera este sono inabalável, um cheiro azedo e muitas moscas.

Um pó fino que lembrava pele descascada se acumulara embaixo da cama. No espaço entre os braços e o corpo havia minúsculos grãos pretos sendo expelidos, as moscas brotavam. Aos poucos ganhavam movimento, asinhas azuis, zumbiam e zombavam ao formar um tipo de asa ao redor daquele corpo imóvel. Asas feitas de filhotes de moscas nascidas na hospitalidade de Marta.

Quando estavam por tomar seu rosto, uma garoa fria, fora de época, sem aviso prévio, cobriu a plantação e nossa propriedade. Perdidos nos afazeres domésticos não notamos um estranho movimento e som vindo do quarto dela. Somente depois do estalo forte no andar superior, no piso de madeira do quarto, é que subimos correndo. Ainda pudemos ver a sombra de oito patas peludas se esgueirando pela janela, a cama vazia e pedaços de tecido fino, como fios de sisal branco em torno da cama vazia.

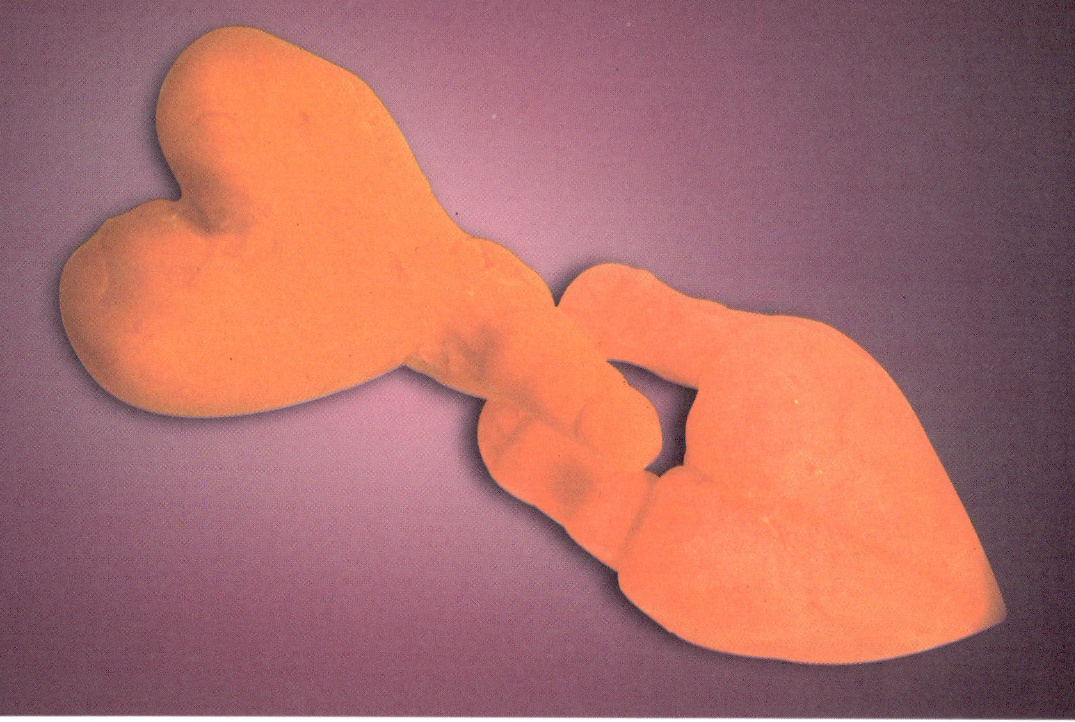
Saxo

Primeiro beijo

Uma boca carnuda entrando em outra boca carnuda, quase uma violação. Uma boca carnuda ávida entrando em outra boca carnuda seca, quase à força do desejo. Uma boca se impõe sobre outra boca, que se abre com medo.

Uma língua entrando em outra boca, com sede, à procura de outra língua que se esconde, tímida. Se estica, se mete, se molha, se encosta. Uma língua roçando em outra língua. Ralando-se. Babando-se. As línguas rolam-se, úmidas.

As línguas se exploram, entram nas bocas, nos dentes, nas gengivas, nas goelas. Leves e mornas, quentes e pesadas, duras, descobrem espaços e texturas e provocam gemidos e mais desejos molhados.

As bocas se recolhem um pouco, com os lábios quase fechados estão juntas, descansam, incham e doem. E se atraem e se abrem, e se procuram com saudades, e se enchem de água e se lambem. E se lambem, e se lambem. Embaixo das línguas, em torno das línguas, por cima das línguas, no céu da boca, dá água na boca, é pura devoração.

Sexo na veia

Os olhos vêem nos olhos amor e desejo, como se as lembranças recentes estivessem gravadas em filme. Querem ver mais, querem ver dentro da tela, são cúmplices e se devoram de longe.

Com um leve beijo em sua boca, seco, quase seco, ligeiramente úmido, lábios molhados, a língua entre os dentes, a língua levemente em sua língua, quase dentro de sua boca, em sua boca que é minha boca molhada. Boca cheia de línguas que se devoram, se lambem, se multiplicam e deslizam pelo pescoço. Pela nuca, pela orelha, pela boca ainda úmida entreaberta que sorve a pele macia, quase fresca, e a pele da barba, sem barba quase macia com cheiro de homem, gosto de homem que tem gosto de sexo do início ao fim.

Mãos que se procuram, desabotoam, roçam a pele, acariciam os seios, os ombros, os ventres que respiram rápido e puxam as calças que grudam nas coxas. Mãos nas coxas sobem e descem para dentro das coxas, por entre as roupas, mãos cheias que se molham, se lambuzam entre os espaços dos corpos, nas frestas e nos cilindros, que fazem sonhar um esquecimento de si, uma presença forte de algo que é só uma parte e toda a falta. Cheio e vazio ardem.

Corpos que tremem, gulosos, precisam se encontrar, precisam do peso do outro, precisam de mais e mais e mais, um quase dentro do outro cede na procura de espaço, embora seja continuidade tudo muda e dançam, sem ritmo, com ritmo, cada vez mais ritmo. Cada um é cada um e totalmente o outro. Há barulho, há gemido, há movimento, há palavras de puro desejo, as línguas estão soltas, parece poesia e não importa de quem. A entrega é música. Cada um deixa de existir, deixa de existir o outro também, e não há mais ninguém e ninguém se importa.

Puro Sexo

Sua nuca era lambida enquanto arrepios intensos percorriam seu corpo, o cheiro de homem e de sexo era muito bom. Tudo era muito bom, aquela intensidade, aquele peso que babava em suas costas e que molhava suavemente o caminho até a boca. Indo e vindo. Ora do lado esquerdo, ora...era surpresa. Seu corpo pedia se encostar na pele dele, que olhava e sorria, dominando mansamente aquela dança. Ela amolecia, quase sem resistência se deixava levar pelo ritmo das batidas dos corações. Havia uma tribo dentro deles.

Seu mamilo estava levemente eriçado e a boca vinha se enchendo suave e continuamente de uma mistura de línguas, saliva e respiração. A mão dele roçava suavemente seu seio em movimentos circulares, que iam se estreitando aos poucos, sem pressa, guiada em parte pela dela, em parte pelos pequenos gemidos que causava.

Um calor vinha tomando conta de seu sexo, a boca dele descia em direção ao ventre, úmida, exalando desejo, quase mordendo, quase beliscando, quase. A sensação de que havia fendas irremediáveis em seu corpo crescia lentamente.

Sua mão encontrava o pau dele e firmemente o segurava, estava duro, ela estremecia. Que delícia era segurar aquilo, com os olhos fechados, com a boca cheia de vontade o lambia de baixo para cima. O desejo dele era contínuo, o dela em sobressaltos.

A mão dele explorava delicadamente o território úmido situado entre suas pernas, ela ardia, ele era consumido por uma boca quentemolhada e crescia como se precisasse arrebentar uma casca. Nela crescia a falta em forma de espasmo e um tipo muito especial de dor. Eles se escancaravam.

O pau dele era convocado a penetrar entre suas pernas em um lugar que já não tinha nome porque quase havia desaparecido do mapa de seu corpo, de tão grande e tão pequeno que ficara ao mesmo tempo. Só ganhava contorno porque ele a penetrava com força e destreza e sem medo se acomodava em movimento, em ritmo, em paixão. Os pesos diminuíam, a pele que os separara sumiu, não havia mais tempo, nem nome, nem lugar.

De boca cheia

Sua língua lambia redondamente o mamilo dela, suavemente, eriçado numa língua ligeiramente dura, ligeiramente úmida, ligeiramente excitada. Seus seios eram lambidos e chupados, primeiro um, depois o outro e depois entumeciam. Sua boca era quase mole, quase macia, quase mordiscava, quase mordia, sedenta. Uma fome crescia e a força de tudo isso aumentava.

Os corpos ganhavam calor, queriam estar juntos, se apalpavam, se achegavam. Arrepiados na espinha, na raiz dos cabelos, no frio da barriga, na taquicardia. As mãos subiam ligeiramente pelas pernas, dentro de algum lugar de cada um deles também subia um fogo morno, doce, doido, que demarcava os sexos, que os abria.

Os mamilos babados deslizavam em atrito pelo peito dele, queriam dançar, roçar, engolir aquela superfície de homem. Eles se olhavam e suas bocas estavam cheias de vigor, as línguas cheias de vontade e cresciam e se desdobravam e não cabiam mais em suas bocas, que eram feitas para se lamberem, se lambuzarem, se comerem. Pelos corpos, pelos ventres, pelas pernas, pelos pêlos.

Uma língua molhada quase macia descia pela virilha dele e nele algo queria nascer, nele também o peso do sexo em sua boca. Nela uma boca cheia, repleta de saliva, de gemidos, de lambidas, de ais e nela um abismo. Nele um gosto seiva-quente, líquido-duro, penetrante, ávido.

E os corpos iam ficando tontos, os tambores rufando mais alto, mais alto, mais rápido, mais e mais. Em transe, em percussão, em sobressaltos. Agudos, pontiagudos, enfiados uns nos outros, dois prazeres em cada um dos dois, em duplo movimento, unindo extremidades, criando o universal de todo o mundo.